GALERNA

Joaquín Dicenta

CAPÍTULO I

Amanece. Violeta pálido es el cielo. Ni la más pequeña nube hay en él. El mar parece lago, que poetizan las gaviotas con el desperezo de sus alas. Por la cumbre de un monte verde, conduce sus vacas el pastor. Chirriante baja una carreta, al pezuñeo cansino de dos bueyes, por los accesos de otro monte. El boyero canta:

> *«Es la mozuca mía*
> *la mejor moza*
> *que hay desde Castro-Urdiales*
> *hasta Reinosa.»*

Así, esclavizando a la hermosura de su queredora todo el mujerío montañés, canta su cantar el boyero; y van los ecos del cantar extendiéndose por el espacio en himno de amor, que sube y se pierde hacia los orientes de la luz.

¡Amanecer tibio de Julio, el aire te embellece con el musicar de sus besos sobre las hierbas enjoyecidas por los brillantes del rocío; con su ir y venir sobre las aguas del Cantábrico, que se deshace contra el rocaje en caireles de espuma!... A tus resplandores va contorneándose el pueblecillo pescador.

Las lanchas boniteras negrean encima de la ría; a pliegues apabellónase el velamen al largo de los palos.

Todo es quietud, dulcedumbre en la aldea, en la campiña y en el mar.

A misa de alba repican las campanas del románico templo. Algunas viejas suben por la cuesta que a la iglesia conduce. Son las primeras parroquianas del oficio dominical. El mocerío duerme, aguardando la misa mayor para exhibirse bajo las naves anchurosas, entre sones de órgano y perfumes de incienso.

Trasnocharon los mozos con el alivio de la fiesta. Fue grande el menudeo de los jarros en las seis tabernas del lugar. La costera empezaba bien y no era asunto de regatear las perrucas, abundando bajo las aguas el bonito. Cierto que precisaba remontar a las veinte y las treinta leguas para darse con él; cierto que, a tan gran trecho de la costa, corren las barcas, si da el tiempo en ser duro, peligros de naufragio. Pero, vaya, que bien relucen las pesetas y bien suenan en los mostradores. ¿Quién repara en perra más o menos cuando se ha pasado todo un invierno de hambre y no se sabe a punto fijo si anochecerá para algún marinero el día que amanece?

Como zaques fueron los mozos a dormir, tambaleándose más que a diario en las barcas suyas.

Tarde se acostaron también las mozas; que armóse baile de panderetas en la plaza, y entre el canto y el repicón, y los danzares y los tentujeos, pasaron guapamente las horas; y moza hubo que para encontrarla sus padres, tuvieron de hacer camino a las alturas del bosque de eucaliptos; y algo no grato verían allá los padres de la moza, porque ella bajó lloriqueando y la madre gruñendo, y el padre con más votos entre los dientes que lleva un peregrino.

¡Bah!... Ello son percances moceriles que a la postre tienen fácil remedio. ¿De qué servirían los curas en la iglesia si no sirviesen a enmendar las perrerías que hace el diablo por las praderías y bosques? Luego, que la mar traga muchos hombres y de algún modo hay que reponerlos.

Tarde fue el recojo de los mozos por su diversión; de los padres y madres por el cuido del mocerío.

De ahí que solamente un puñado de viejas, por no tener en ellas cosa que divertir y fuera de ellas cosa ninguna de cuidar, acudiesen al reclamo de las campanas.

La gente joven no saldría temprano. Ellos, porque el vino de la noche anterior se les enredaba a las pestañas. Ellas, porque el trajín del bonito es sucio, y en desemporcarse echarían dos horas, dándole a los estropajos y al jabón, y otras dos, por lo menos, en acicalarse. No era cosa de hacer el moño a la descuidada; de vestir malamente, amén de la camisa nueva y las enaguas con jaretas, y la chambra con entredoses, el corpiño de lana y la faldilla de percal y el pañuelo de colores vivos, hecho punta en la espalda. Añadan a esto los collares de aljófar, con su cruz de metal dorado, y los zapatos de cordobán y las medias de punto. Añádanlo y digan si no es faena grave la de los domingos, para mozas puestas a andar durante la semana con un pingajo a la media pierna, un camisote al cuerpo, unas chanclas en los desnudos pies y la carne chorreando sangre podrida del bonito.

Aquella modorra de las criaturas comunicábase al total de la aldea, que pregonaba el dormir de los edificios por el cierre hermético de sus puertas y de sus ventanas; el de los hogares por la falta de humo sobre las chimeneas; el de las barcas por la soledad de sus cubiertas, y el de las calles por su silenciosa quietud. Alma viviente, excepción hecha del carretonero y el pastor, andaba por los campos.

El propio mar dormía, enviando a la tierra los ecos de su respiración.

Apartada del pueblo, solitaria junto a la marisma, existe una casuca. Ruinosa es. Las tejas bailan a la más leve invitación del aire; una aspillera sirve de ventana; de puerta unos tablones, sujetos a la fábrica con dos pedazos de cadena; de chimenea un tubo de hierro, roído por el moho. Del casuco nace una senda que muere sobre el mar; al pie suyo está amarrada una chalana que tira para bote, sin conseguir su objeto.

Los tablones se derrumban hacia la derecha y un viejo sale del casuco.

De los sesenta años pasará. En forma de collar afeita su barba, que trepa al largo del carrillo para unirse con los mechones de una pelambre gris. Barba y cabellos forman al rostro marco de plata sin pulimentar. Por aquel marco asoman una piel curtida, unos ojillos verdes, unas aguileñas narices y una boca con dientes espaciados y agudos. La nariz rojea, los ojos brillan peleadores bajo los fruncidos cejales; la boca se contrae irónica; dos rayas hondas la limitan.

El hombre es bajo de estatura, patiabierto y vacilante en el andar. Lleva a hombros dos remos; a la espalda una vela; entre los agudos dientes la pipa, y en la mano izquierda un cestillo con avíos de pescador.

Domingo es, y no bien visto por el cura que en domingo, a no ser ello forzosa obligación, salgan al mar los pescadores. Sólo que de poco sirven al viejo las pláticas del cura.

Él no oye misa; menos confiesa aún. Cuando el cura pasa por junto a él, se encasqueta de intención la boina y se le queda mirando hito a hito, mientras exclama alto, para que le oiga claramente: ¡A mí, Prim!

Llámanle en la aldea el Hereje por esto de no ir a la iglesia y de mofarse de los clérigos. A más, no le quieren los ricos, porque solivianta a los pobres con arengas revolucionarias. A escucharle, no se dejarían los pescadores explotar. Pero no le escuchan. Tiénenle por maniático, y mejor es punto de burla que de atención para sus compañeros.

Gracias a ello, déjanle vivir los pudientes. Él se encoge de hombros ante las burlas y desprecios. Llama imbéciles a los pobres, verdugos a los ricos, y vive sólo en su choza de la marisma.

Navegó mucho en sus juventudes; anduvo hasta los cincuenta años de uno en otro país y cuando, inutilizado por el reuma, dio vuelta al lugarejo, hízolo con un saco de ideas que los aldeanos, no acertándolas a entender, tomaron por declarada chifladura.

Con sus ahorros compró el casuco; con sus habilidades construyó la chalana. La pesca dale sobrado a su vivir, a pagar la suscripción de dos periódicos radicales y a emborracharse todos los sábados por la noche y todos los domingos desde el medio día hasta el anochecer.

Siempre hay en sus borracheras un período de proselitismo. Subido encima de un taburete o de una mesa, predica la buena nueva a los infelices marineros; el advenimiento de un reino de justicia en que los trabajadores serán únicos amos de la tierra; en que todos los hombres gozarán la felicidad que ahora gozan los ricos. Habla de eso y de un día rojo durante el cual los desheredados, unidos por el hambre, lograrán su desbnite.

Los marineros toman a chacota estos discursos, acalenturados por el alcohol.

Si en ocasiones no juegan una mala pasada a el Hereje, débese a que el Hereje tiene recios puños y en los casos de apuro da su cuchillo al aire, jugándolo como el más diestro esgrimidor.

Esto de discursear ocúrrele en sus horas de borrachera. Los otros días apenas si cruza con nadie la palabra.

Aislado en su casuca cuando se halla en tierra, aislado en su barca cuando sale al Océano, pasa días y semanas y meses el hombre de la barba en collar.

A aislarse dentro de su bote va el Hereje en este risueño amanecer; a confundir sus soledades con las del Cantábrico; a hundir sus remos por la corriente, virgen aún, de la ría.

Mete su carga en la chalana; empújala hacia el agua, arma los remos, y echa ría adelante en busca de su pan.

El violeta del cielo va tornándose azul. De naranja, se festona hacia Oriente; un resplandor áureo corona la montaña que bajo el Oriente verdea, y dos mirlos silban sus amores en el poético encinar.

La chalana toca las proximidades del enorme peñote que divide la barra. Ante su quilla se tiende inmenso, repujado en platas, el Cantábrico. El marinero iza el mástil y prepara la vela. Vase ésta desplegando como ala que se estira para volar; el viento suave la hincha poco a poco; el timón se hace auxiliar del viento, y la barquilla éntrase en el mar, a tiempo que el sol cimea la montaña y deja caer sobre la cabeza del Hereje el beso caliente de su luz.

CAPÍTULO II

Entre todas las mozas que a la tarde bailan en la plaza, sobresale, por sus encantos, Mariuca.

Sus cabellos rubios, anudados en moño puntiagudo sobre la cabeza, se rizan en la nuca y bajan a ondas por la frente; relucen las pecas como puntitos de oro encima de la blanca piel, que el aire marino requemó; acariciadores son sus ojos; beriñejos sus labios, entreabiertos por la sonrisa.

A su cuello enróscanse los hilos de aljófar; una crucecilla de oro es tentación sobre las alturas del seno. Remárcase éste con virginal dureza contra el repretado corpiño, que baja por el talle breve para morir en las curvas del caderaje; desnudos a mitad van sus brazos, enguantados por los oros del sol; la percaleña falda descubre los arranques de unas piernas robustas; en airoso arco se dibujan los pies tras el zapatito de cuero.

Gentil es la muchacha; de ademanes graciosos, de habla suelta y alegre.

Ahora tócale repicar la pandera y cantar la copla para los bailarines. Sus dedos corren ágiles por la piel estirada; vibran a compás las sonajas, y la voz fresca de la moza envía al espacio el canto montañés:

En la barca tuya quiero
contigo a la mar salir.
Si tú mueres, marinero,
contigo quiero morir.
¡Anda, que me caigo
y no me puedo levantar!
¡Anda, que me caigo
a la orilla de la mar!...»

A los sones de la pandera y a los acentos de la copla, bailan mozas y mozos; ellos enfrente de ellas, marcando todos el compás con los pies, describiendo ellos con los brazos círculo en el aire, mientras ellas los dejan caer lánguidos, como en pasional rendimiento.

Pausado y cadencioso, con reminiscencias sacerdotales, es el baile de los montañeses. Las mujeres no alzan los ojos, que puestos en la tierra llevan; no sonríen; graves y humildes, parecen ofrecerse al varón en esclavas. Los varones, salientes los pechos, altas las cabezas y contraídos los brazos, recuerdan los antiguos guerreros celtas en sus danzas simbólicas.

Al estribillo de la copia acelérase el baile. Los pies van y vienen en punteos veloces, los brazos se adelantan, las bocas sonríen, los ojos revuélvense provocadores y el abrazo se apunta sin llegar a realizarse, cuando el ¡jujuy! tiembla en labios de la cantora y la ronda termina.

Junto a Mariuca, siguiendo embobado el viaje de sus dedos por la pandereta, el viaje del cantar por su boca, está Pablo, el patrón de la bonitera Reina de los Ángeles, un mozo de veintiséis años, fuerte como una encina, saludable como el viento del Océano que diariamente le saluda.

Cortejo es de la Mariuca, y para serio va el cortejo, que al terminarse la costera casarán en la iglesia del pueblo. Así lo trataron ellos a los comienzos del estío, así lo acordaron los padres. Sólo falta que concluyan los trajinares del bonito para que el señor cura eche a entrambos las bendiciones y hagan casa, y pasen juntos, dentro de ella, las penas y alegrías que el vivir de este mundo trae a todos los seres.

Por cierto no habrá ahogos y privaciones grandes en el futuro hogar. Reina de los Ángeles mide sesenta pies, es brava y puede atreverse con las olas, por los méritos suyos y por los méritos del patrón, calificado como de punta entre los que timonean lanchas por la costa.

A Mariuca gánanla pocas a trabajadora y aseada. Sus padres no la dejarán ir de casa sin los avíos consiguientes de ropa y los menesteres de cocina. También llevará algún cuartejo, que la madre es ahorrona y por el casorio hará derroche y entreabrirá a los regalos de su cría el bolsillo de estambre.

Pablo cuenta con los productos de la costera para arreglar la casa y hacer frente al primer invierno.

De suerte que, al término de la costera, se arreglará todo y serán felices en el hogar que ya tienen apalabrado.

Pensando en aquella felicidad, contempla a Mariuca el patrón de Reina de los Ángeles. Hay en sus ojos la codicia de poseerla, en sus labios el temblamiento del deseo.

Gallardo mozo está el patrón. Bien a las claras pregonan la gallardía suya los envidiosos mirares que a Mariuca dirigen las mujeres.

Cae la boina azul sobre sus cabellos encrespados, adoselando un rostro que el Océano bronceó; azules y vivos son sus ojos, fuerte su nariz, placentera su boca. Marinera chaquetilla de punto ciñe su cuerpo con el auxilio de una faja; a pliegues cae sobre sus botas de becerro el ancho pantalón; un pañuelo de roja seda aprisiona su cuello, y una sortija de oro luce en el dedo meñique de su mano izquierda, que lleva tatuado encima del dorso un corazón, y debajo de él esta palabra: Mariuca.

Terminada la ronda, apártanse las mozas a un lado, formando corro parlanchín; los hombres encamínanse hacia la taberna que hay debajo de los soportales.

-¡A echarme un trago voy! -dice su novio a Mariuca-. Al otro baile hemos de bailar juntos.

-Anda, hombre -responde Mariuca-, y cuídate con beber de más, que no gastas el vino dulce.

-Descuida -afirma él. Y se reúne con los mozos.

-¿Y el tu padre? -grita a Mariuca desde lejos-. ¿Dónde metióse que no vile?

-En la bolera anda con el tuyo. Del comer fuéronse pa allá; ya tienen diquiá que se anochezga. Vino no ha de faltarles, que llevó Grindo dos azumbres.

Frente al mostrador de la taberna agrúpanse los bebedores, corriendo el jarro de unos a otros y pagando por turno.

Estos del mostrador son los entra y sal, los que rellenan con tinto el espacio de baile a baile.

Hailos más constantes, y esos ya ocupan sitio en torno de las mesas, acodándose en ellas, retrepándose contra la pared, platicando alto y disputando fuerte, que va para anochecido y hace algunas horas menudea el tragueo.

Son estos casados y alguno que otro mozo viejo; gente formal, en fin, que desprecia cortejares y bailes y busca más positiva diversión.

A no pocos acompáñanles sus mujeres, más disputadoras y más bebedoras, también, que sus maridos. En ellos suele terminarse la disputa con un jarro de vino; en ellas con unos mechones de pelo y unas tiras de piel al aire.

Todo sale, por gracia del vino, a relucir en las mujeres; perpetuo chisme es su conversación. Allá van los vasos y allá van las ajenas honras, cuando no las propias, hechas pelota, de unos labios en otros.

Bajo aquella atmósfera, enrarecida por el humear de los chicotes y por los vahos del alcohol, en aquel recinto húmedo, mal alumbrado por la luz que viene de fuera o por los candiles que se encienden, al venirse la noche, dentro parecen los grupos humanos tertulia de fantasmas. Las voces suenan roncas; las figuras se mueven confusas, entre nieblas.

Ya en el período apostólico de su embriaguez, discursea el Hereje con los puños tendidos. En uno de ellos oscila el jarro; el otro sujeta el mango de la pipa. Seis o siete marineros le escuchan con las manos en los bolsillos y la risa en la boca.

-¡Ah, brutos, más que brutos -vocifera el Hereje-; es predicaros como predicar en desierto! -Breve pausa, empleada, como es consiguiente, en beber-. Por supuesto -luego de un largo sorbo-, no es vuestra la culpa. Es de vuestra ignorancia, que os impide entenderme y comprender vuestra razón. ¡Pensar que sus bastaba con uniros pa que la justicia fuese reina del mundo; pa que no hubiera en él pobres y ricos, sino hombres libres que formaran una familia! (Coro de carcajadas entre los oyentes). Sí, reíd ahora; y después, ¡a trabajar como caballerías! -Nueva pausa del Hereje, empleada en pedir otro jarro-. ¡Reíros!-, deteniéndose breves segundos para chupar la pipa-. ¡Reíros de mí, desgraciaos! Y mañana, a la barca; a pelearse con la mar, a jugarse la vida; a coger pescao pa que esos ricachos, esos acaparadores, esos fabricantes que ahora pasean en la plaza, os lo compren por una miseria de dinero y gocen y prosperen a la vuestra salud. Reíros, y cuando llegue el invierno, a morirse de hambre, mientras los otros comen; a pedirles de limosna el pan que engullen, porque lo ganasteis vosotros. ¡Ah, esclavos!, ¡esclavos! ¡Si tenéis condición de esclavos! ¡Si algunas veces creo que os está bien el mal que pasáis, puesto que lo sufrís como unos cochinos cobardones que sois!...

Da un puñetazo que hace temblar la mesa, y los marineros rompen en carcajadas más ruidosas aún que las anteriores. El Hereje se encoge de hombros, vuelve a llenar su jarro, bebe, se limpia la boca de revés, fuma largo, hace un ademán de silencio y se dispone a continuar.

Pero ¿quién va a oírle? Dos mujerucas, luego de sacarse todo el honor a relucir, vienen a las manos.

Los marineros hacen corro a las borrachonas. Espectadores van a ser del combate. No tratan de evitarlo. Ríen la pelea de las mujeres, como antes rieron los apóstrofes del orador.

Las hembras se embisten rostro a rostro. Sus uñas avanzan en la dirección de los moños y, engarfiándose a ellos, los destrenzan. Al zamarreo van y vienen, de atrás adelante y de adelante a atrás, las cabezas. Del moño bajan las uñas a las caras, rasgando la piel, haciendo brotar sangre.

Una de ellas, más fuerte, ase por el cuello a su rival, la empuja y la hace caer de espaldas. Esta no cae sola; asiendo a la otra por el pelo, la obliga a arrodillarse de un vigoroso tironazo.

Juntas ruedan por las baldosas, entre el regocijo de los hombres y el vocerío de las demás mujeres, a quienes los hombres impiden intervenir la lucha.

Rotas las blusas, remangadas las faldas, quedan al aire pechos de anémica blancura, piernas musculosas, que perdieron la hechura femenil en los martirios del trabajo. Sobre la carne de los pechos dispónense a hacer presa los dientes...

Entonces intervienen los hombres. Pablo levanta a las peleadoras. Echa a una a este rincón, a otra al opuesto de la taberna, y vuelve al mostrador a pagar su ronda.

Las combatientes arreglan sus vestidos, refrescan sus arañazos y peinan sus repelados moños.

Amigas de las dos ayúdanlas en la faena, comentando la riña a gritos, con peligro de convertirla en batalla campal. Los marineros las jalean, apurando jarros y más jarros.

Para sustituir los clarores del día, que ya no alumbran la taberna, enciende un chico los candiles. A su amarilla luz es más siniestro el espectáculo de la habitación, húmeda y pestilente.

Los pellejos del fondo parecen criaturas degolladas, caídas en tierra, con los brazos en cruz; el derramado vino cumple oficios de sangre sobre las baldosas. Chorrean humedad las paredes; un vaho denso y agrio envuelve el local; dentro de él, como entre vapores de pesadilla, flotan criaturas, groseros en su modelación, soeces en su habla, brutales en sus actitudes. Son a manera de monstruos yendo y viniendo en una nube.

El Hereje continúa hablando encima de una mesa, iluminado por los fulgores del candilón que arde a sus espaldas.

-¡Ah! -vocifera-. No desprecio, lástima es lo que merecéis. Tiempo vendrá en que abráis los ojos y conozcáis vuestra ignorancia. ¡Entonces sonará la hora del desquite! ¡Entonces lucirá el alba roja! Después de ella, serán felices todos los hombres encima de la tierra.

Predica en desierto el Hereje, tambaleando sobre la mesa su cuerpo de Hércules rechoncho, alzando a las vigas su vieja cara de borracho.

Nadie le oye. Y su voz, no oída, suena siempre con proféticos dejos, anunciando el advenimiento de un mundo mejor que se elabora entre maldiciones y miserias, en recintos lúgubres, en ergástulas corrompidas, en abismos negros, poblados por humanidades brutales y feroces.

También salió nuestro mundo de un caos, donde todo cuanto existe hoy, los seres y las cosas, eran bárbaro desdibujo.

CAPÍTULO III

El baile terminó. En varios grupos se divide la multitud. Hacen unos viaje a los interiores del pueblo; otros echan puente arriba, camino de los campos, que regalan a las criaturas su perfume estival.

Pablo y Mariuca quedan solos junto al pretil del muelle, donde cabecea Reina de los Ángeles.

-¿A qué sitio vas ahora? -pregunta el marinero.

A la mi casa -responde ella.

¿Pa qué vas a ir allá? El tu padre metióse en la taberna de junto a los bolos. En busca suya fue tu madre. Bien la vimos entrar. Los tus hermanos ándanse tamién fuera. El mayor a la busca de la Petrona. ¡Gran pulpo estáse la Petrona! Tu hermano lleva el número doce. Ello sí, guapuca es, y dura como piedra, al decir de los once. Menos mal si tu hermano no sale del cortejo dolío.

-¿A qué tanto lo dices?

-Al tanto que la Petrona ruea de unos a otros; y al tanto de que, fruta que ruea mucho, acaba por cucarse.

-¡Animal!

-Bueno. El tu hermano mayor anda tras la Petrona. El pequeño formó coro con más de veinte. Cantando echaron por los atajos que suben hacia la estación. Entoavía se les oye cantar.

En efecto, allá lejos sonaban ecos de canción. Traídos eran hasta la aldea por los pajecillos de la noche:

> *«Flor hermosa del panizo,*
> *¡qué bien te columpia el aire!*
> *De noche voy a cogerte*
> *pa que no me vea nadie.»*

Suena el cantar como reclamo en la noche juliana. Parece hecho con las cálidas emanaciones que brotan de la tierra, con partículas encendidas del aire que recorre la atmósfera.

De la ría suben olores punzantes de marisco; el agua besa dulcemente las peñas recubiertas de musgo; las barcas crujen a cada balanceo.

-Démonos -murmura Pablo a la oreja de Mariuca-; démonos, si quieres, un paseo por los altos de la marisma. Bien lo podemos dar. Dos meses faltan pa las bendiciones.

Hombro con hombro se retiran del muelle; hombro con hombro van perdiéndose en el camino; hombro con hombro suben monte arriba la senda que a los eucaliptos conduce.

Llégase hasta los eucaliptos por un tapiz verde que las amapolas motean a las veces en rojo. Tiene el aire por aquellos lugares cuchicheos de plática nupcial; los rumores del Océano suenan apagados, temblantes; la brisa sisea entre las hierbas inmediatas al bosque. Este es como templo de movibles arcos, sostenidos por columnas cimbrátiles. Entre las hojas verdes ofician de pontifical los ruiseñores.

Los amantes se han dejado caer contra la hierba; él apoyando el codo en el suelo, puesta la cabeza sobre el codo y los ojos en el rostro de la mujer. Ella no le mira. Vuelta al varón la cara, sigue con los oídos y con el corazón los rumores del bosque.

-Mira -dice él-: mañana, en cuanto se haga día, saldremos a la mar.

-Yo verete salir dende el muellecillo de la fábrica -contesta Mariuca.

-¡Qué remedio! exclama Pablo-. Hay que trabajar.

Hay que trabajar -responde la moza como un eco.

-Ya poco nos queda de asepararnos por la noche -cuchichea Pablo, inclinándose hacia la muchacha.

-¡Tontón! -replica ésta-. No hables de ello y deja los días correr. A la cuenta, pronto se pasan los dos meses.

-Pasarán pronto pa la tu persona. No pa la mía, que de ca minuto hace un año. ¿Es que a ti no te sucede igual? ¿Es que no sientes ganas de acortar el tiempo? Ya ves, dentro de un poco, a la tu casa tú, yo a la mi barca, y mañana yo a correr por la mar. ¿No te parece - cosa triste despedirse así, de esta manera, cuando la mujer va a quearse sola y el hombre va a correr por la mar?

Hay una pausa larga. Ni aun siquiera míranse la hembra y el varón. La mano derecha de él sube rozando con la hierba hasta coger suavemente, muy suavemente, la cintura de Mariuca. Avanza después la otra mano y se torna abrazo la caricia. Ella deja caer la cabeza en el pecho del marinero. Este la contempla con ojos dormilones y va inclinando sus labios hacia la carne virgen que en los brazos suyos palpita.

¿Qué dice el viento entre las hojas del bosque de eucaliptos? ¿Qué pronuncia el aire sobre los tallos de la hierba?

Acaso las palabras que dentro de dos meses ha de proferir un sacerdote en el templo románico. Tal vez son los olores campesinos que brotan de praderías y de huertos, los fuertes vahos que ascienden desde la marisma, incienso del templo natural que se yergue sobre el Cantábrico, bajo el relucir de los astros flotantes en lo azul.

Un ruiseñor, columpiándose encima de las ramas, canta el amor de su hembra; un suspiro de felicidad le contesta en el pabellón de eucaliptos...

Amor debe acompañar el viaje de dos sombras que tornan al pueblo abrazadas por las cinturas.

Así las ve marchar desde una umbría el viejo profeta borracho que vuelve tambaleándose a su choza de la marisma.

En sus labios, amoratados por el vino, hay una sonrisa de bondad y ternura.

CAPÍTULO IV

Las boniteras marchan a la fábrica.

Alzase ésta a la orilla izquierda de la ría, a medio kilómetro de la aldea, dando frente a un muelle, flanqueado por un vivero de langostas y por los hornos de una abandonada fundición.

Es la fábrica un casote cuadrangular, con grandes puertas y ventanas pintarrajeadas de azul. Trabaja los meses de verano. Durante el invierno constituye una soledad más en aquella vía sin tránsito, que golpean los vendavales y las lluvias encharcan.

Por el estío cambia el cuadro.

Próxima a la fábrica, sobre un montecillo que enfronta con la barra, hay una colonia veraniega, compuesta de unos florecidos hoteles. De julio a septiembre ocúpanlos gentes ciudadanas que llevan tras sí un cargamento de chiquillos capaces de alegrar un mundo, cuanto más un rinconcillo montañés.

Las lanchas de bonito suelen atracar junto al muellecillo de la fábrica. Hácenlo también, por las urgencias del vivero, los pescadores de langosta; y, a mayor aumento de vida, pregónanla con sus cánticos las trabajadoras, con su charla las mozas, reunidas en el vecino lavadero.

Un bosque de encinas poetiza el paisaje. Alta cruz de piedra blanquea en los medios del encinar, precediendo a una ermita que tras las encinas se descubre.

Deprisa marchan las obreras a las luces del alba. Una lancha vizcaína llegó con abundante provisión y fuéronlas a despertar, que no es faena para descuidada la de preparar y freír el bonito. Púdrese muy pronto y, apenas desembarcado, hay que proceder al destripe.

Antes que las en ruta, vinieron otras obreras a la fábrica. Encendidos están ya los hornillos; el aceite humea dentro de las sartenes. Los vascos, puestos en cadena, corren de mano a mano los bonitos.

El encargado los recuenta; los pone encima de la báscula; grita el peso y las mujeres recogen la carnaza para dar comienzo a su limpia.

El cansancio de la fiesta y el poco dormir de la noche trae mudas y perezosas a las obreras del camino. Restregándose los ojos vienen, abriendo sus bocas con bostezos de a cuarta. Faltó a muchas tiempo para recogerse los moños y sueltos bailan por sus carrillos y sus nucas.

La Petrona hace punta en el desaseo y el desgreñe. Hinchados, bajo las moradas ojeras, trae los párpados; caídos los brazos; metidos los zapatos en chancla.

Hermosa bestia es la Petrona con su alta estatura y su pecho abultado y sus caderas recias, que ondulan al arrastramiento de los pies... Forma el desgreñado cabello áspera mata en su cogote: almohada natural de quien, como ella, en todas partes sabe disponer lecho; los ojos llamean con perpetua fiebre de pasión; la nariz, respingona, abre y cierra sus ventanillos; la carnosa bocaza enseña dientes que anuncian el mordisco acompañando la caricia. Su piel tiene matices de ébano. Fuego ha de ser la sangre que por el venaje circula.

-¡Poco has dormío! -grita a la Petrona una de las obreras-. Se ve que jugaste a bodas la noche.

-Juguéla -responde-. ¿Y qué hay en ello? A bien que el hermano de Mariuca se merece los desvelares. Ninguno hallé como él. Si a él saliste -añade encarándose con Mariuca- ¡trabajo le encomiendo a Pablo!

Ríen las compañeras el descaro de la buena moza y ésta sacude las caderas.

Mariuca no ríe. Ni siquiera la oyó. A la zaga de todas va, mirando hacia arriba, con pupilas de ensueño.

Como en sueños, contempla la virgen de la noche anterior su amanecer de hembra poseída. Toda completa se recoge en la memoria de la entrega. Para esta memoria vive solo; ella flota en su alma y en sus ojos, que pone estupefacta arriba, sobre el cielo de julio. De allí, cernido por las hojas de los eucaliptos, vino el mandamiento que la hizo rendirse al queredor...

-Díjome tu hermano que saldrán al golpe de las ocho -exclama la Petrona acercándose a Mariuca-. Dios les regale viento. Como echen a remar cochinas remadas dará el mío. Tentóle mucho al jarro y durmió a limosnas. Gracias que como el patrón es tu Pablo y ha de ser su cuñao, no irán las voces diquiá el cielo.

Llegadas a la fábrica, entran en el patinillo cubierto para cambiar de ropa. Sencilla es la suya de faena: una falda corta, un delantal de lona y un blusón. Las piernas y los pies desnudos, al igual de los brazos.

Mariuca es freidora, y el mayor jornal de la freiduría el suyo. Bien lo gana; ninguna échale pie en dar punto al aceite y voltear las rodajas dentro del sartenón.

Claro que no es su tarea muy limpia. Algún manchazo deja el bonito entre los dedos; algún tiznajo llevan a cara y manos el hollín de la sartén y los humeares del aceite. Más de una cicatriz ostenta Mariuca al largo de los brazos por obra de las burbujas saltarinas y de los chispazos del cok.

Sucio y malsano es el trajín de las freidoras, que la atmósfera se enrarece con los gases del horno y con el vahar de la fritura; pero aun así y todo, comparado con el de cortadoras y destripadoras, resulta canongía.

Las destripadoras, metiendo y remetiendo sus facas en el vientre de los bonitos, hundiendo sus uñas en la entraña para arrancarla de un tirón y corriendo con la pieza despanzurrada a lavarla sobre la ría, llénanse de pestilente grasa.

Igual pasa a las cortadoras que han de cercenar las cabezas de los bonitos y partirlos en rajas para relavarlos después y entregarlos a la freiduría.

¡Las pobres mujeres! Ruda es su labor. No les deja paro si hay carne fresca a desentrañar y a partir. Salta la sangre a sus pechos y rostros mientras verifican el destripe; chorrea a hilos negruzcos por sus brazos y piernas; el agua materiosa de los enjuagamientos tiñe sus vestiduras, y, por si ello no bastara a la repugnancia de los ojos, el repulsivo olor de los peces descuartizados penetra los poros de su piel, hace en ellas habitación y trae con ellas, a quien cerca de ellas discurre, crispaciones de vómito.

¡Infelices bestias del jornal! Por ganarlo, vuélvense ellas, mujeres que llevan en su instinto el ansia de parecer hermosas, de ser para el hombre tesoro de gracias, vaso divino de placeres, desperdicio ambulante, vaso de pestilencia.

Los vizcaínos terminan la entrega del bonito y vuelven a sus lanchas para hacerse a la mar.

El bonito tiene fecha fija. Día que se pierde en el puerto, día es perdido para la ganancia. No se recupera.

Izan los arpeos, alzan los remos y calan el timón. Hay que volver al mar; hay que asegurarse el invierno; hay que ganar el pan de las mujeres y los hermanos y los hijos que aguardan en los puertecillos de Lequeitio y de Ondárroa.

CAPÍTULO V

Al punto de las ocho están los hombres en la barca de Pablo.

La marea ha subido lo suficiente para el calado de Reina de los Ángeles; el barómetro marca buen tiempo y el viento permitirá dar vela al trasponer la barra.

-¡Casi que no llegas! -dice Pablo al hermano de Mariuca-. ¡Ea! ¡Desamarra! Y vosotros -sigue encarándose con el resto de la tripulación- armad los remos. A la cuenta que las botavaras están listas.

Suelta la amarra, y desatracada Reina de los Ángeles, cada hombre empuña un remo. Con otro más largo dispónese Pablo a gobernar hasta que sea momento de calar el timón.

Los ocho remos se hunden a compás en el agua.

- ¡Avante! -grita Pablo.

Y los remos suben y quedan suspensos en el aire para hundirse otra vez. Reina de los Ángeles cabecea gallardamente; da un crujido que suena a bostezo y avanza por la ría.

Son hombres duros, hechos al mar los tripulantes. De chicuelos comenzaron su oficio; como los de sus viviendas conocen todos los pasos de la costa.

Del patrón no hay que hablar. Seguro va quien con él navegue; fuera parte, según decir de los marineros, aquello que disponga Dios.

Hierve la marmita encima de la hornilla, cociendo el rancho que debe almorzarse a las diez, cuando acabe la maniobra y se halle en franquía la lancha.

El grumete, hermano de Pablo, revuelve el caldo, que trasciende a ajos y a laurel; los peces brincan entre la espuma.

-¡Hala, que estáis dormíos! -, vocea el patrón-. Hay que ganar la barra pronto. El viento sopla favorable ande está el bonito y no es razón desperdiciarlo. A llegar pronto y a volverse pronto también; con tres veintenas de quintales habemos de tornar. No vale dar motivo a que los vizcaínos nos llamen flojos. Mia la su lancha. Está armándose en el otro muelle. Antes de ella tenemos que salir. Vaya, ¡apretar, gandules!...

¡Salir antes de los vizcaínos! -gruñe un viejo que rema a popa. Bien se conoce, presumío, que está Mariuca en la fábrica. Por contentarla quiés pasar delante de los otros. ¡Se merece la presunción! ¡Y vaya por ella! -agrega hundiendo el remo bravamente en el agua-. ¡Vaya por la moza que a la costera del otro año será nuestra patrona!

-¡Vaya! - gritan, los marineros, redoblando el fuerte empuje de las palas. Pablo sonríe a popa y Reina de los Ángeles pasa casi rozando con la tierra por junto al muelle de la fábrica.

Para verla pasar dejan su trajín las obreras. La lancha vizcaína lleva diez metros por delante.

Al frente de todas se encuentra Mariuca. Hasta las corvas se ha metido en el agua que cubre los escaloncillos del muelle. A su espalda yérguese la buena moza de Petrona. La sangre del bonito reluce sobre su pecho de ébano, como un pectoral de rubís.

-¡Buena pesca! -gritan las mujeres-. ¡La Santa Virgen de la Peña sus acompañe a todos!...

-¡Anda con Dios, Juan! -vocea la Petrona. -¡Y no te tardes, que no me gusta de esperar!

Los marineros porean con sus dicharachos la despedida de la moza.

-¡Adiós, Mariuca!... -exclama Pablo.

-¡Adiós, Pablo! -murmura ella bajando vergonzosa los ojos-. ¡Adiós, no entoavía!... -repite-. Voy a darte el último dende las peñas del castillo.

Y sale corriendo por la senda que al castillo conduce. Síguela Petrona, que hace rodar los guijos con sus saltos de bestia brava. Los marineros han llegado frente a la ermita y descubren, al enfrontarla, sus cabezas.

Del antiguo castillo no más queda un cubo donde estableció su vivienda el guarda de la fábrica. Al pie del cubo hay una sucesión de peñotes que las altas mareas cubren. Allí, cuando no a los altos del faro, se dirigen los pescadores para observar el Océano en los tiempos dudosos.

Ahora es bella la mar. En tonos verdes se tiende al largo de las peñas; en tonos azules, que van del turquí al prusia, sube hasta el límite del horizonte. Las olas rompen tenues; el agua es rizosa, el viento suave. Sobre el cielo, libre de nubes, brilla el astro solar; las gaviotas revolotean con perezosa languidez. La peña que divide la barra parece un monstruo que subió de las honduras oceánicas para dormir en la superficie, acariciado por el sol.

Antes aún que la barca llegan las mozas al castillo. Escalan el cubo y bajan corriendo por las peñas. A la última arribaron; la espuma de las olas adorna sus pies con madroños de plata; una lancha asoma por la ría.

Es Reina de los Ángeles. Cumpliendo los deseos de Pablo, adelantóse a la vizcaína.

El patrón la dirige a la barra; desármanse los remos; ízanse los palos y las dos velas, la pequeña y la grande, trepan a su largo con el auxilio del cordaje, al resbalar de las correderas.

Descuélganse las velas, deshaciendo rítmicos los blancos pliegues de su lona. Cuando ni un pliegue queda por deshacer, Pablo pone el timón al frente; las velas se hinchan, el aire las distiende hacia los fondos del espacio, y la lancha sigue viento en popa.

Vuelo es el suyo, que no andar.

Alas de ave cerniéndose encima del Cantábrico parecen las dos lonas.

-¡Adiós, Mariuca! -grita Pablo quitándose la boina y sacudiéndola en el aire.

-¡Adiós, Pablo! -contesta ella agitando los brazos.

-¡Adiós, Juan! -repite la Petrona.

Cuando cesan las voces, los ojos siguen diciendo adiós, hablando silenciosamente.

Ligera va la barca, a saltos graciosos, entre las rizadas espumas, dócil a las órdenes del timón, abiertas de par en par las velas.

Ligera va. Ya pasó de los tonos verdes; ya entra en los turquís; ya se mete en los prusia; ya es punto blanco, apenas visible en el confín del Océano.

Ligera va la barca. Las olas vienen suaves; lánguidamente se deshacen contra el animalote de piedra dormido bajo las caricias del sol...

CAPÍTULO VI

-¿Dónde bueno? -pregunta Mariuca al Hereje, que atracó frente al embarcadero.

-A ver si vendo por los hoteles estas brecas. Pesqué una media arroba, y como la gente de tierra adentro regatea poco, puedo sacarme un jornalillo. Tú friendo, ¿eh?

-Con las últimas rodajas estamos. Ya es razón de que venga lancha. Ha tres días ninguna aporta por aquí.

-Tienen que remontarse mucho pa tropezar con el bonito. A las treinta leguas andará. Luego, bordada a este lao y bordada al otro, hasta encontrarse con el bando. ¡Y si dales por no picar! También lo hacen los condenaos. Ni que tuvieran reflexión. ¡Cómo se burlan del engaño! Morrean, morrean, dando vueltas en torno del anzuelo, sin apretar la boca, llevándose la carnada a cachitos, hasta no dejar rastro. En cambio, otros, ¡plan! Tal que ciegos entran al alfiler; tal se lo tragan, que es preciso rajar las tripas pa sacarlo. A la iguala de las personas, hay de toas clases en los peces: negaos y listos, codiciosos y recelones. Y si la hambre es mucha, más iguales son a las personas entoavía: con todo entran y dan la vida por una cochina piltrafa.

-¡A más de treinta leguas! -murmura la joven con el pensamiento puesto a gran distancia de la charla del marinero-. Aun se tardará dos o tres días Pablo. Menos mal que la mar es buena.

-Buena se amaneció. Pero ayer no gustóme el Poniente. Las nubes eran cárdenas. Una de ellas tiró punta, una punta muy torcida y muy negra, hacia el cabo. Raro ha de ser si no sopla de Noroeste. Ese viento, por flojo que salte, es viento de traiciones. A mayor prueba, esta mañana andaban los aparejos por el fondo, tan pronto a este lao como a aquél. Pa mí que sin sus miajas de marejadón no libramos. Ya te lo diré por seguro al anochecío, en poniéndose que se ponga el sol. Pa quien sabe deletrearlos, los ponientes del sol son gran libro.

-¿Temporal? ¡Y mi Pablo a las treinta leguas! Vaya, que no será ello cierto. Y vaya que usté lleva mala intención conmigo y quiere entristecerme.

-¿Entristecerte?... Por alegrarte daría las brecas que saltan a mi cesto. Buena voluntad os tengo a los dos, que eres tú buena chica, y a él nadie le gana en anchura de alma y valentía con la mar. Sobre eso, muy listo. Así fueran como él los otros, y se harían el cargo. En fin, este es cantar que no suena pa los tus oídos, muchacha. No a mal decir, a creerlo, dije lo que te dije.

-De manera que a la cuenta de usté, ¿va a echarse encima un temporal?

-¡Bah! Ni ello es seguro, ni es tampoco el primero que Pablo corre. Luego, en verano, dan poco que temer. Temporalillos, ¿sabes? Pa meter miedo a los veraneantes, no a los que corremos la mar del Enero al Diciembre. Alguna racheja. Estate descuidá.

Dios le oiga.

El viento y la mar son los que me han de oír. Por lo que dices de querer yo mortificarte y amárgarte las alegrías y contrariarte el gusto, de medio a medio engañaste, mozuca. ¡Flojo rodeo hube de atizarme el domingo pa no hacer sombra a los placeres tuyos.

-¿Qué dice?

-Que el domingo, allá entre diez y once, andábame yo camino de mi casa por el ras de los eucaliptos, y andábanse dos sombras, de mujer una sí y otra no, por los propios caminos que yo iba acompañao de unas azumbres. Cogidas por las cinturas iban las dos sombras y repretujándose de firme. Yo, que puedo estar borracho, pero que no estoy ciego en jamás, fuí y me dije: «Viejo, no estorbes a la juventud; déjala ir por la senda arriba y anda tú senda abajo, que cada tiempo tiene su costera y cada edad goza su diversión.»

Enciéndense en vergüenza las mejillas de Mariuca; entorna los párpados y da vueltas entre sus dedos a los picos del delantal, sin tropezarse con respuesta para los dichos de el Hereje.

-¡Bah! -prosigue éste, golpeando cariñosamente en el hombro de la muchacha-. ¿Qué importa? Todo será que lo hagáis sietemesino pa cumplir con el señor cura. Mes más o menos, no baja precio a los bautizos. De modo y manera que no regañará.

-Calle.

-Dentro de dos meses os casáis. ¡Y aunque no os casarais! Quererse y ajuntarse hombre con mujer no es delito, es obligación. Adiós, Mariuca. Vuelve a tu freír, que los amos son muy desigentes. Adiós. Voyme a la vera de los hoteles a colocar las brecas.

El viejo tira senda arriba. Mariuca entra en la fábrica, y cogiendo una ancha rueda de bonito, le deja caer en el sartenón.

Chirría el aceite al penetrar la carne fresca; vuélvese ésta de roja, blanca; el espetón la zarandea.

Lentamente va dorándose envuelta por el humo pringoso.

CAPÍTULO VII

Buena va la costera. Tardaron dos días en tropezar con el bonito, pero entra firme y por arrobas embarcan de él los pescadores. El viento ayuda. Es frescachón y estos peces quieren ver la carnada corriendo sobre aguas bravuconas. Gustan de perseguir la presa, de cobrarla al salto, de atraparla cuando se les huye del morro.

Dóblanse las botavaras hasta el ras de las aguas con los violentos tironazos; distiéndese el cordaje, a las botavaras prendido, cuando el bonito se engancha a los aceros. Tira el animal reciamente para librarse del engaño; tira y afloja astutamente el pescador para retener al cautivo; éste recoletea al lejos. A veces se le ve azulear en la superficie de las olas, a veces queda inmóvil, dejando a flor de espuma su hocico redondo y sus ojos saltones; a veces rebrinca dando aletazos en el aire.

El pescador ciñe a las del pez sus acciones, atrayéndole poco a poco, sin forzar el viaje. Por fin llega la última brazada de cordel a los costados de la barca. El bonito da un tirón decisivo; lo da el hombre también; vence el hombre, y el bonito rueda sobre cubierta retorciéndose, abriendo con espanto los imbéciles ojos, sacudiendo la cola, vibrando las aletas, escupiendo sangre por la brecha que rasgó en su morro el anzuelo.

Un centenar de peces bajaron ya al fondo de la lancha. Relucen allí tal que plomo moldeado en lingotes. De tiempo en tiempo el montón se estremece, uno de los lingotes salta y torna a caer con mortal pesadumbre.

La sangre mancha la cubierta. El trajín pescador no permite su limpia. Más tarde se hará, cuando el bando desaparezca. Ahora los ocho hombres son pocos al subir y desenclavar prisioneros. El grumete ayuda. Pablo mismo descuida las atenciones del timón para echar mano a las botavaras.

La mar es recia; el viento duro. Pero el cielo está limpio. A cielo azul no hay mar y viento peligrosos, sobre todo en lancha como la Reina de los Ángeles y llevando un patrón de la práctica y de las agallas del suyo.

Cinco lanchas más pescan en aguas de Reina de los Ángeles. Una es la vizcaína, que dejó Pablo por la popa al salir del puerto.

Para todas hay. Los bonitos hierven tal que manjúa. Los hombres, dominados por la codicia de la pesca, sólo tienen ojos para las botavaras, brazos para los cordeles y atención para los anzuelos.

Amarrados los timones, al objeto de guardarlos en línea, corren los patrones un largo y ayudan a su tripulación. Dos horas iguales a las que antecedieron, y anochecido harán rumbo a la costa para llegar al amanecer.

El viento sopla en la dirección que conviene a las ganancias de su tráfico.

En su ceguera, en su mirar continuo al fondo de las aguas y, más que a ellas, a los aparejos que por ellas flotan y a los peces, que en torno de los aparejos rebrincan, olvidáronse del cielo los afanosos pescadores; no vieron que a su fondo apareció una mancha negra, un breve círculo de sombra. Aquel círculo fue ensanchando, ensanchando. Ya es nubarrón negro y avanza por el espacio con vertiginosa rapidez.

El viento arreció. Algunas olas escupen su espuma en las cubiertas. Un crujir agrio de los palos despierta la vigilancia del patrón de Reina de los Ángeles. Alza la vista, pónela rápida en la negrura de la atmósfera, lanza un terno y grita asiéndose a la caña y encasquetándose con fiereza la boina:

-¡Pronto!... Dejad las botavaras. ¡Arriad la mayor!... ¡Galerna!

No hay que repetir la orden. Las botavaras dan sobre cubierta y los ocho hombres, auxiliados por el grumete, se apresuran a arriar la vela, que cruje al garrazo del viento.

En las otras lanchas realizan maniobras iguales.

Es cuestión de minutos; una sorpresa hasta para el sol mismo, que se halla súbitamente cautivo de las nubes. Hácense éstas profundas, de cárdeno matiz; apelotonadas por el huracán, chocan unas contra otras, formando macizo de tinieblas. Una luz morada filtra de aquel macizo.

El mar se encrespa, respondiendo con los furores suyos al desafío de las nubes. Monte es cada ola; a cuenta de nieve llevan estos montes en sus cimas un penacho de espuma. El viento ruge. Las caracolas de Neptuno tocan a muerte desde el fondo del Océano y mandan al espacio sus ecos.

Las velas mayores, arriadas a un tercio de los palos, gimen con angustia; las menores se estiran como si fueran a estallar; los palos se doblan; el maderamen gime; los patrones han de echar todo el cuerpo sobre la caña del timón para que el timón obedezca; el cielo se ha vuelto carbón; el mar tinta; el huracán da contra la lona manotazos de tigre.

El grumetillo de Reina de los Ángeles, empujado por una racha, rueda sobre cubierta hasta las plantas del patrón; éste álzale en alto con uno de sus brazos hercúleos; le pone entre las piernas suyas y le grita:

-¡Firme ahí! ¡Agárrate a mis piernas!...

El chiquillo rompe en sollozos.

Nunca, en catorce años que lleva por la mar, vio Pablo un galernazo semejante. Apenas dio tiempo de apercibirse a la pelea, y es ella de muerte.

Para facilitar la maniobra no se amarran las velas; los hombres cuelgan en jauría, suspensos de sus bordes, atentos a los mandatos del patrón.

Todas las barcas luchan por igual; todas saltan en el remolino de las olas; todas flotan en la negrura; todas quieren huir, librarse de la muerte, alcanzar la costa.

Una, la vizcaína que navega cerca de Reina de los Ángeles, es levantada por un golpe espantoso y da su quilla al aire. En el aire gira el timón, falto de gobierno; antes que lo recobre, otro golpe de mar coge la lancha de través y la tumba.

Dos de sus tripulantes, envueltos por la vela, desaparecen súbito; otro, alcanzado por una verga, cae abierto de brazos; cinco se cogen a la quilla; el sexto nada briosamente. Una lancha que pasa huyendo la galerna, tira un cabo; el nadador hace firme en él y la barca sigue arrastrándole, recogiéndole a tironazos.

Pablo, que ha puesto proa hacia la costa, ve tumbar la embarcación vizcaína; mira a los hombres asidos a los rebordes de la quilla con uñas y con dientes.

-¡Pásales de largo! -gruñe un pescador viejo, más aferrado que los jóvenes a la vida por restarle menos que vivir.

-¿Pasar de largo? -ruge Pablo-. Poner a ellos la proa. Es preciso salvarlos. Por algo ganamos el pan juntos. Si esos cochinos de la lancha Pepita huyen, nosotros no huiremos. ¡A por ellos! ¿Estamos conformes?

-Sí -vocea la tripulación.

Y la peligrosa faena del salvamento da principio.

En la primera bordada pasan cerca; no lo bastante para darles auxilio. Los náufragos le llaman con voces angustiosas, invocando el nombre de la Virgen.

Virar es peligro de zozobrar para la Reina de los Ángeles; puede cogerla un golpe de través y tumbarla.

Pablo bien lo sabe. Sólo que por algo está su lancha allí.

-¡Todos, o ninguno! -grita con arrogante voz-. ¡Firmes a las velas!... - La Reina de los Ángeles ha virado en redondo.

-Tampoco esta bordada sirve; también pasan lejos. Uno de los náufragos se desprende de la quilla, bota sobre una ola, revolotea entre sus espumas y desaparece. Único rastro suyo es una mano crispada que se agita en el aire.

Hay que virar de nuevo. El patrón lo intenta. Coge el largo, revira y, en aquella bordada, sí, en aquella bordada, salva a los tres hombres.

-No me deis gracias -dice cuando los izan a cubierta. No es tiempo de dar gracias. Puede que sólo hayáis conseguido una cosa: cambiar de sepultura-. ¡Recoged toda la mayor! -sigue-. ¡Dejad la menor a dos tercios de palo!... Ahora -añade empujando fieramente la caña-, ¡a la merced de Dios!

CAPÍTULO VIII

Es toda congoja la aldea.

Primero, el nublarse del cielo y el enfurruñarse del mar; después, un telegrama venido de Zarauz con anuncio de tiempos duros por el lado del Noroeste, han puesto al vecindario en zozobra.

Tres lanchas de aquel puerto andan a pesca de bonito; tripuladas van por treinta y cinco marineros. Los más bravos son y los más buenos ganadores.

Las mujeres lloran; los hombres pasan y repasan ceñudos por los altos del muelle; los chiquillos se buscan y cuchichean entre sí; los notables de la aldea comentan el telegrama con todo linaje de vaticinios lúgubres, entre sorbo y sorbo de cerveza; los fabricantes se duelen, mitad por mitad, de los hombres que navegan sobre las olas y del paro forzoso que el temporal significa para sus industrias.

Los curas, cumpliendo obligaciones de su negociado celestial, disponen rogativa y suplicatorio en la ermita de la Barquera.

Por junto a la fábrica va desfilando el pueblo; las mujeres, con los mantos caídos sobre los ojos; el llanto temblando en las pestañas y temblando el rezo en las bocas; los chiquillos, parlanchines, revueltos, convirtiendo en juego la romería fúnebre; los hombres, cejijuntos, lentos en el andar, sobrios y esquivos de palabra.

Al enfrontarse con la cruz, las hembras se arrodillan; los varones descubren sus cabezas; los chiquillos se apelotonan como enjambre en reposo.

Entre las mujeres camina Mariuca. Pálida y triste, es divina imagen del dolor. Sus manos se cruzan bajo el manto; sus ojos lloran en silencio lágrimas anchas, espaciadas, que caen de los párpados sin que contracción alguna las ayude.

En su Pablo piensa, en el hombre que batalla a leguas y leguas de distancia, sobre aquel mar cárdeno, bajo aquel cielo negro, entre aquel aire rugidor. A las veces vuelve la memoria a su hermano; pero la sombra del amante, amo ya de su cuerpo, desvanece la otra y acaba siendo absoluta dueña de su imaginación.

También figura entre las mujeres Petrona, mordiéndose los rojos labios, arañando sus manos sin piedad.

Al tocar los escaloncillos de la cruz, Mariuca se dobla como planta batida por el cierzo. Petrona se deja caer de golpe, descargando contra el escalón el mazo de sus choquezuelas.

Se levantan, luego de persignarse, y siguen a la ermita.

La multitud rebosa en el atrio -no es capaz la nave para toda la aldea-. Las campanas llaman a oración. Los cirios arden sobre el altar. Parecen lágrimas de luz.

A la cabeza del cortejo formaron el señor alcalde y los notables. Detrás marchan las aldeanas. Los marineros, franqueados por los rapaces, cierran la procesión.

Es la ermita humilde. Por cuatro ventanales de vidrería opaca entra en ella la luz; luz de crepúsculo, que difumina las imágenes y entenebrece el ánimo.

En el altar mayor preside la Virgen. Tosca es de facciones, como las marineras que le rinden su culto. Un manto negro cae de su cabeza a los remates de los pies. Ciñe corona de metal y prende a su cintura un rosario de abellotadas cuentas.

En el muro derecho hay un San Pedro rodeado de ex votos.

-En el izquierdo preside un Cristo de negra cabellera, barba despeinada y cutis de caoba. Es horrible. Su boca se contrae como si fuera a prorrumpir en maldiciones; sus ojos bizquean; las espinas son zarzal de sus sienes. El escultor, a falta de mejores recursos, hizo derroche en las heridas. Las de los pies se abren en estrías bermejas; los agujeros de las manos son cavidades purulentas; la sangre brota a chorros, por los labios, de la lanzada.

Un harapo cubre las virilidades de Jesús. El Inri campea con letras amarillas sobre el remate del madero. A las plantas del Nazareno brilla una lámpara de aceite que chisporrotea al arder.

Ahora está la hostia de manifiesto en el santuario, que la purpurina pretende volver oro. A sus pies oran dos sacerdotes, inclinando sus cabezas de hombres castrados por el trasquilón de la tonsura. Revestidos para la ceremonia, imploran misericordia de la Divinidad.

La multitud repite el rezo; al principio, lentamente, casi cuchicheando. Luego suben poco apoco las voces hasta concluir, por la parte de las mujeres, en destemplados gritos, en sollozos y ayes de agonía.

La patena reluce como un sol de artificio en el fondo del santuario. Tiene el santuario por bóveda un cielillo azul con nubes de carmín, donde aletean ángeles.

Todo es luz y alegría en aquel ciclo artificial. En el cielo de fuera, en el que se ve desde las rocas, todo es negrura y amenaza.

Cada vez hácense más densas las nubes, más gigantes las olas, más rudo su chocar contra los dientes de las peñas.

El huracán suena ronco en las cavidades; troncha los arbustos, desgaja los álamos, sacude las encinas, levanta de tierra los guijarros, alza en el suelo remolinos de polvo, llega rugidor hasta el atrio, y azota sus columnas, apagando con su voz imperiosa el servil murmullo de los rezos.

El Hereje pasa por cerca de la cruz, calada la boina, rápidos los andares, amargo el gesto de la boca. Su cuerpo de Hércules rechoncho desafía los embates del vendaval; su pelambre gris va y viene como un montón de púas.

Al aproximarse a la capilla se detiene, poniendo atención a los murmullos rezadores. Sonríe compasivamente, se encasqueta la boina, encoge los hombros y hace rumbo al castillo.

Un mozalbete desgreñado pasa corriendo por cerca del Hereje, y murmura algo que él sólo oye.

El viejo aprieta el paso. El zagalón sigue su carrera. Más la precipita según se acerca al atrio. De dos brincos lo salva, llega a la puerta del oratorio, ásese de su quicio, y con voz temblante de emoción, pronuncia una palabra sola:

-¡¡Lancha!!...

CAPÍTULO IX

Lejos viene, apenas perceptible para ojos marineros, invisible aún para los no hechos a bucear horizontes en horas de borrasca.

No más se descubre la vela. Agítase allá, en la negrura movediza, como un lienzo pedidor de socorro. Esta visión es intermitente; aparece y desaparece sobre una línea blanca que determina los contactos del cielo con el mar.

La aldea entera fue al castillo, olvidando rezos y prácticas, al anuncio de que una lancha arriba en dirección del puerto. Los mismos oficiantes siguieron a la multitud.

Quedó solitaria la ermita, con sus cirios ardientes, con su virgen de manto negro y corona de mentida plata, con su tabernáculo de falso oro, guardador de un sol artificial y de un cielo postizo.

Sólo quedó el Nazareno ajusticiado, de la pelambre negra y de las crueles heridas. La gente abandona el espectáculo de su drama simbólico ante el drama real que prologa encima del Cantábrico un cacho de lienzo.

En el primer término del roto cubo castellano están el alcalde, los sacerdotes y los notables del concejo. Tras ellos se abre un claro: en el mismo dolor hay par a la humanidad sus jerarquías y distancias. A continuación del claro se agrupan viejos y mujeres. Los chiquillos, encaramáronse a las alturas; los pescadores, a los objetos de conseguir horizonte mayor, suben hasta el pico donde campea el faro. El espectáculo es imponente.

No hacen falta héroes y dioses, como ordenan los cánones, para el vivir de la tragedia. No hace falta que esos héroes y esos dioses constituyan la acción primaria y sean figuras principales, a quienes el pueblo sólo sirve de coro.

Tragedia, bárbara tragedia es la presente, y el pueblo principal personaje. Pueblo son los tripulantes de la barca que arriba; pueblo la multitud que aguarda. Son pueblo. Coro los ricos, los notables, los que nada arriesgan en el peligro de aquella embarcación, los que nada perderán si zozobra.

Tiene el mar en sus aguas fruncimientos coléricos, arrugas de odio, agitaciones de rencor. Sus calmas momentáneas son acecho; durante ellas el huracán lo eriza. Cuando el acecho se resuelve en un golpe de mar, es éste formidable. La ola sube al espacio, avanza rugidora; cobra mayor fuerza y volumen con las olas que revienen deshechas, se comba en arco verde coronado de espuma; y rompe fiera contra las peñas, transformándolas en catarata.

Bajo el cielo, robándolo a los mirares de la tierra, flotan nubes de hollín que se abren en moradas bocazas para escupir el rayo. El viento, yendo y viniendo de las nubes al mar, es voz horrísona de toda aquella cólera.

No parece ya la barra, como en los días claros, animalote submarino que hizo viaje a la superficie para dormir bajo el beso del sol.

Monstruo es despierto, que amenaza contrayendo su rugosa piel de saurio prehistórico, dando bramidos espantables, arrojando espumarajos por la boca, haciéndose todo él garra y dientes para descarnar y morder.

¡Ah, la barra! ¡La barra! A espalda suya corren las aguas mansas, ofreciendo puerto seguro al navegante. Para éste la ría es salvación. Sólo que la barra, en las horas de tempestad, cierra el paso a la ría, lo imposibilita, poniendo en orden de batalla su legión de rompientes.

La barca viene rápida. El viento la impulsa a las veinte millas por hora.

-¡Es Reina de los Ángeles!... - grita el Hereje desde una alta peña, donde se yergue solitario.

A la voz del viejo, tres mujeres se apartan del grupo femenino; desvían con rudo empujón a los ricachos de la aldea, alcanzan el barandal del cubo, trepan a él y saltan por las rocas en dirección del mar.

Una de aquellas mujeres es la madre de Pablo. La última Petrona. La que precede a la misma madre, Mariuca.

Hasta la última peña, hasta aquella a que brinca, codiciando presa, el oleaje, llegan las tres mujeres. Allí caen de rodillas, con las manos en cruz y los labios estremecidos por el frasear de una salve.

A imitación suya, todas las mujeres se arrodillan; los viejos inclinan sus frentes; los hombres se descubren al largo de las peñas los chiquillos guardan silencio. Un sacerdote, levantando al cielo sus manos, inicia la plegaria.

El rezo de la ermita se reanuda ante el mar implacable, bajo la bóveda siniestra del espacio sin sol.

Claramente se distingue la lancha. El Hereje acertó. Es Reina de los Ángeles.

Sobre la cordillera de olas baja botando y rebotando. Juguete es de los monstruos líquidos que la llevan y traen con asesino peloteo. Sus guiadores pretenden enfrontarla con la barra para ganar la ría.

A un tercio de palo va la vela menor. Aferrados a ella cuelgan los tripulantes. El patrón gobierna en la popa.

¡La pobre lancha!

Hace pocos días salió, con otras más, del puerto. El sol la vio partir, enviándola sus risas de oro. En encajes de plata se rizaba el mar ante su quilla. Empujaba el viento con caricia suave sus velas. Cantaban y reían los hombres. Las gaviotas acompañaban su camino en poético certamen de volares.

Ahora, ni sol ni risas.

Huida es el gallardo avance; ala rota la vela triunfal de aquel amanecer; coro fúnebre el canto de los marineros; crespón mortuorio el cielo; verdugos impiadosos las olas. Los cuervos marinos graznan agoreros por cima de la lancha.

Llega ésta a saltos espantosos. Tan pronto se retuerce sobre crestas de espuma, como cabecea en el aire, para caer de golpe al fondo de movibles abismos. Ya sale de ellos; ya trepa vertiginosamente a la cresta de otra ola; ya se hunde súbito; ya retorna a surgir. ¡Gimnasia brutal cien y cien veces repetida!

Aterrada sigue la multitud las convulsiones del Reina de los Ángeles.

Hállase ya muy cerca. Se ven las caras de los tripulantes, contraídos por el horror lívido de la muerte. Colgantes van de la vela, que los zamarrea en montón.

Abierto de piernas, para guardar el equilibrio, incrustadas las uñas sobre la caña del timón, álzase la figura brava de Pablo.

Destocado viene, los cabellos al vendaval, los ojos al frente, imperioso el gesto de la boca. Por entre sus rodillas asoma la cabeza rubia del grumete.

Es el último azar, jugado con arrogante valentía, en el asesino paso de la barra.

La multitud mira en silencio, con los ojos saltando de las órbitas.

Una ola gigantesca corre hacia la Reina de los Ángeles y rompe contra ella, cubriéndola de espuma. Entre las blancuras rugientes queda envuelta la lancha.

Por un segundo no la ven. Luego surge de un salto, oscila en la atmósfera y rueda a los cóncavos bramadores. Nueva ola la recoge, álzala otra vez y torna a despedirla contra los vanos del espacio. Se ve al timón yendo de un lado a otro, como brazo humano que no halla donde asirse. Antes de conseguirlo, una ola más, llameante de espumas, se desploma contra la Reina de los Ángeles y la tumba palo abajo, con la quilla hacia el sol.

Un alarido sale por cien bocas a un tiempo.

Aquí y allá, sobre el oleaje, agítanse brazos frenéticos, rostros lívidos, contraídos por mortal desesperación. La espuma los borra.

Aún queda un hombre encima del mar: Pablo.

Con sus brazos hercúleos se sostiene sobre las olas buscando el paso de la ría.

Otros brazos quieren ayudar a los suyos desde las rocas del castillo: los brazos de Mariuca, extendidos hacia él.

Avanza... Avanza... De repente, un golpe de mar, superior en fiereza al que tumbó a Reina de los Ángeles, levanta a Pablo, ¡y allá va el humano pingajo a estrellarse sobre los picos de la barra!...

También la espuma lo borró.

Mariuca yace de espaldas, con los brazos en cruz.

CAPÍTULO X

Mujeres caritativas recogieron de sobre las rocas a Mariuca y echaron camino de la aldea, sosteniendo con los brazos suyos a la viuda del amor de una noche.

Sólo queda el Hereje al borde del acantilado.

Con los cabellos esparcidos, el cuerpo de Hércules rechoncho desafiando al vendaval y los recios puños increpando al espacio, es vengativa divinidad tallada en la piedra.

Sus labios se mueven. Sus acentos no se pueden oír. Apagados son por las voces del huracán y por los rugidos del Océano.

¿Qué habla el Hereje? ¿Qué frases tiemblan en sus labios?...

¡Quién sabe!... Profeta de rencores parece.

Tal vez emplaza al Océano para que rebase sus límites, para que borre sus fronteras y entre en tierra de hombres a barrer las iniquidades.